LES AGES

DE

L'HUMANITÉ

POÈME ÉPIQUE

DE F. R. FERRIER

MONTPELLIER

IMPRIMERIE CENTRALE DU MIDI

Ricateau. Hamelin et Cie

M DCCC LXXVI

1re LIVRAISON

LES
AGES DE L'HUMANITÉ

LES AGES

DE

L'HUMANITÉ

POËME ÉPIQUE

DE F. R. FERRIER

—

TOME PREMIER

MONTPELLIER

MONTPELLIER

IMPRIMERIE CENTRALE DU MIDI

Ribateau, Hamelin et Cie.

—

M DCCC LXXVI

LOS AJES

DE

L'UMANITAT

POËMA EPIC

DE F. R. FERRIER

TOME PREMIER

MONTPELHER

IMPRENTA SENTRAL DEL MIEJORN

Ricateau, Hamelin et Cie

M DCCC LXXVI

PRÉFACE

Ainsi que je l'ai déjà dit, et que son titre l'indique, ce livre est le tableau des Ages de l'Humanité dans le passé, le présent et l'avenir. Il expose sous des formes poétiques la doctrine de la Perfectibilité humaine, cette sublime intuition entrevue par Bacon, Descartes et Pascal, et développée à des points de vue différents par Leibnitz, Turgot, Lessing, Herder et Condorcet.

La grande initiation qui dure depuis le commencement, selon la belle expression de Ballanche, est donc représentée ici dans ses phases diverses, de l'époque où la primitive Humanité trempait dans les bas-fonds des temps pliocènes à celle où l'homme transfiguré sera changé en Ange, et la Terre elle-même en Paradis. Le passé préhistorique m'a été raconté par la géologie ; les temps intermédiaires jusqu'à nous, par l'Histoire; l'avenir, par l'induction philosophique sagement sollicitée.

PROËMI

———

Enaisi (1) com o ai deja dij, e com el siu titol endica, acest libre es lo tableu dels Ajes de l'Umanitat en lo pasat, lo prezent et l'avenidor. Espon soz poëticas formas la doctrina de la Perfeitibleza umanal, acil süblima entuïsion entrevista per Bacon, Decartas e Pascal, e desvelopada en diferen sen per Leibniz, Turgot, Lesing, Erder et Condorset.

La gran enisiazó ce dura depoi lo comens, segon la bela expresió de Balanja, sai es donc reprezentada en sas fazes diversas de l'epoca on la premitiva Umaneza trempava en las baisas del temp pliosenis a sela 'on l'om trasfigurat serà mudat en Anjel e l'eisa Terra en Paradis. El pasat preïstoric fo me recomtat pel geolojia ; li temps entremejan duesca a nos per l'Istória ; l'avenidor per l'enduxió filozofica saviamen sollesitada.

———

(1) Voir, p. xiii et sq., la note sur l'Orthographe et la Prononciation *romanes.*

Dans cette exposition nouvelle du perfectionnement physique, intellectuel et moral du genre humain, j'ai célébré comme il convenait nos conquêtes physiques et intellectuelles, car elles tiennent une large place dans le progrès général de l'Humanité; mais, de préférence à tout, j'ai mis particulièrement en lumière nos conquêtes morales, qui sont, à dire vrai, notre meilleure gloire et les titres les plus certains de notre avancement.

C'est à ces conquêtes morales que j'ai demandé les principaux éléments de ce poëme. Il est consacré à la glorification des grands hommes qui nous ont montré les voies de la perfection et élargi les destins de l'Humanité. Il ne pouvait pas plus ressembler aux épopées héroïques de l'Antiquité ou des temps modernes, que l'homme transformé par la Religion et la Civilisation ne ressemble aux héros d'Homère, d'Ossian ou de Walter Scott.

Je laisse à dire à d'autres quelle peut être la valeur littéraire de ce poëme, mais il m'est impossible de passer tout à fait sous silence le vif et réel intérêt qu'il peut offrir à tout lecteur. Ici sont racontés les plus émouvants épisodes de la vie de l'Humanité ; ici sont résolues les plus capitales questions de la Philosophie. Quelle étude pourrait être pour nous plus utile et plus nécessaire ? Qui pourrait contester l'intérêt et l'importance de

En acil nova espozisió del perfexionamen fezic, entellectüal e moral de l'umana jen mentaugut ai, com abavia, nostras concèstas fezicas et intellectüal, car teno larc estamen en lo Proses jeneral de l'Umanitat, pero de preferensa a tot ai mes en espesial lumneira nostras concizas moral c'estan, a dire ver, nostra melhor glória e li sertanor titol de nostre enansamen.

Ad acelas concizas moral ai demandat los prensipals elemen d'aceste poëma. Cosagrat es a la gloriazó del grans om ce nos mostrero las vias de perfexion, et alargero li destin de l'Umanitat. Jes no podia resemblar a las epopeias eroïcas de l'Anticitat o del temp modernes mai ce l'om trasformat per la Relijion e la Seviltat no resembla als eroës d'Omer, d'Osian o de Valter Scot.

Laisarai a dir ad autres cal pot eser la valor literaria d'aceste poëma, mas imposible m'es calar del tot el vius e real interes c'ofris a trastot lejeire. Aisi son recomtats li pus esmovens epizodis de la vida de l'Umaneza ; aisi son resoutas las pu cabal cestios de la Filozofia. Cal estudi seria per nos pus util e pu nesesari? Ci poiria contestar l'interes e l'importansia de la gran epopeia de l'Umanitat ?

la grande Épopée de l'Humanité ? *Geste merveilleuse entre*
toutes, qui n'a pas eu et ne saurait avoir sa pareille, et qui
intéresse tous ceux qui sont nés de la femme; geste où chacun
de nous pourrait trouver ses arrière-aïeux et ses arrière·
descendants; que dis-je? où il sentira palpiter sa propre
âme dans les profondeurs des Ages !

> Jèsta per mei totas meravelhoza,
> Don ja no fo parieira ni non er
> E c'a tot om nat de femna pertoca !
> Jèsta on poiria atrobar cada us
> Sei reire aujols e reire deisenden;
> Ce dic ? on pel preondansas dels Ajes
> L'er a sentir s'eisa arma palpitar !

La citation précédente indique suffisamment quelle
versification j'ai adoptée. J'ai donné ailleurs des exemples
variés de plusieurs genres de poésie romane. L'épopée
qu'on va lire nous initiera à un nouveau genre de cette
poésie, puisqu'elle est écrite en vers blancs (*Rims estramp*
d'Auzias March et des Leys d'Amors).

Dans la poésie moderne, ces vers sont ceux qui res-
semblent le plus aux hexamètres grecs et latins. C'est
en vers non rimés que sont écrits le *Paradis perdu* et
les meilleures tragédies anglaises. C'est également en
vers non rimés que plusieurs poëtes du premier rang,
italiens et espagnols, ont composé divers ouvrages.

La rime fut une invention moderne, destinée à venir

Jèsta per mei totas meravelhoza,
Don ja no fo parieira ni non er
E c'a tot om nat de femna pertoca !
Jèsta on poiria·atrobar cada us
Sei reire aujols e reire deisenden ;
Ce dic ? on pel preondansas dels Ajes
L'er a sentir s'eisa arma palpitar !

Abastarà la sitasió preseden ad endicar cal versifica-
dura m'ai adoptat. Donei alhor exemples variats de mant
jenres de poëzia romana. L'epopeia c'om vai lejir nos
farà conoiser novel jenre d'acil poëzia, pois es dictada en
rims estramp de cals Auzias Marc e las Leis d'Amors
nos an laisat alcunas mostras.

En la poëzia moderna aisel vers son los ce mai resem-
blon als examestres grecs e latis. Es en vers no rimats
ce son escrijs lo *Paradit perdut* e las melhor trajedias
englezas. Es engalmen en vers no rimats ce pluzor poëtas
del premier orde, italians et espanhols, an dictat divers
obrajes.

La rima si fon invensió moderna, destinada a venir en

en aide à la mémoire, office que la mesure seule avait
rempli chez les Anciens. En analysant l'essence et les
caractères des grandes compositions poétiques, on re-
connaît facilement que la mesure, et la mesure seule,
convient à ces compositions, comme elle a convenu à
Homère, à Virgile et à leurs contemporains, et de nos
jours à Milton. La rime, surtout dans les poëmes divisés
en strophes, oblige souvent tantôt à écourter la pensée,
tantôt à la noyer au milieu de détails quelquefois inutiles. C'est une expérience que j'ai pu faire personnelle-
ment, puisque, avant d'écrire cette épopée en sa forme
actuelle, j'en avais composé quelques morceaux en oc-
taves rimées.

Quant à la version française qui accompagne ce
poëme, je ne la donne pas comme une traduction fidèle.
Il n'y faut chercher que le sens plus ou moins précis
de la pensée.

aida a la memòria, ofisi c'el sol compas ademplia vas los Ansian. En analizan l'esensia e las caractas del gran dictats poëtic, de leu se reconoi c'el compas, e lo compas sol, coven a sel dictats com a covengut ad Omer, a Verjil et a lor conteirals, e de nostres dias a Milton. La rima, sobretot en los poëmas devis en coblas, forsa sovendieiramen cora ad escortar lo pensier e cora a lo negar mest detalhs alavez inutil. So es esperiensa ce pogi far personalmen, pois aban d'escriure esta epopeia en sa forma actuäl, n'avia dictat cauces morsels en octavas rimadas.

Cant a la versió franseza c'acompanha este poëma, jes no la doni com una traduxió fizel. Non i cal sercar mas lo sen pus o men presis de la pensazó.

NOTE SUR L'ORTHOGRAPHE

ET LA PRONONCIATION ROMANES

Bien que l'Orthographe romane eût reçu des premiers Troubadours les plus heureuses simplifications, elle laissait pourtant encore quelque chose à désirer, et ce sont ces derniers perfectionnements que j'ai essayé de lui donner.

L'Orthographe romane a pour fondement une règle générale, sujette à un très-petit nombre d'exceptions. *Cette règle générale, c'est qu'on doit écrire exactement comme on parle, et prononcer, en conséquence, toutes les lettres écrites.*

· Comme je viens de le dire, il y a quelques exceptions à la règle, et, par suite, quelques lettres écrites qui ne doivent pas être prononcées. La conservation de ces lettres était nécessaire, parce qu'elles donnent à certains mots une signification particulière et préviennent par là toute amphibologie.

Ainsi les mots *can*, chien; *cant,* chant; *camp*, champ; *cant*, combien, se prononcent de la même manière, *can*. Les mots *mon,* monde; *mont*, montagne; *mond*, pur, ont tous les trois absolument le même son. Il convenait donc de conserver à ces mots et à quelques autres qui sont dans le même cas, ainsi qu'au pluriel des participes passés, la lettre étymologique qui les distingue et leur donne, indépendamment du son, une signification spéciale.

Une autre exception à la règle générale est celle relative à la lettre R, laquelle ne se prononce à l'infinitif des verbes en AR et en IR que lorsque le mot suivant commence par une vo elle. Excepté dans ce dernier cas, il ne faut pas prononcer l'R aux infinitifs en *ar* et en *ir*, et aux mots terminés en *ier* (*Escudier, pomier, rozier*). Sauf pour les infinitifs en *ir*, la même exception existe, par euphonie sans doute, dans le français, l'idiome qui ressemble le plus au nôtre dans la famille des langues romaniques.

Il fallait ou adopter cette exception, ou bien mettre tantôt un R aux infinitifs, lorqu'il y a une voyelle au mot suivant, et tantôt supprimer le même R lorsqu'il n'y a pas de voyelle à la suite. Il m'a semblé que l'usage suffisait à distinguer les deux cas de prononciation ou de non-prononciation de l'R aux infinitifs en AR et en IR.

Revenant à mon point de départ, je répète que, sauf les deux exceptions ci-dessus, *la règle générale de l'Orthographe romane est qu'on doit écrire exactement comme on parle, et prononcer en conséquence toutes les lettres écrites*.

Fidèle au même principe de simplification, j'ai cru utile, lorsque le mot suivant ne commence pas par une voyelle, de retrancher l'S qui désigne le pluriel des mots masculins, toutes les fois que ce pluriel peut être indiqué de toute autre façon. Déjà les Troudadours avaient supprimé cette lettre à quelques cas du pluriel. Je ne l'ai conservée que lorsque cela était absolument nécessaire pour éviter toute confusion.

A propos de la même lettre, je ne pouvais oublier son utilité, lorsqu'elle sert à désigner le sujet et le distingue par là de son régime. Je l'ai donc employée quelquefois dans ce sens, conformément aux prescriptions du savant dont les travaux philologiques ont si largement contribué à la Renaissance romane.

C'est encore à l'exemple de Raynouard que j'ai cru devoir séparer les pronoms personnels, employés comme affixes, du mot qui les précède et avec lequel ils doivent être confondus dans la prononciation. Cette séparation m'a paru favorable à la clarté du discours, et quelquefois même nécessaire.

Ces observations orthographiques seraient incomplètes si je ne signalais la faculté dont les Troubadours ont constamment joui et au moyen de laquelle ils créaient quelquefois des mots nouveaux.

J'ai dû conserver cette faculté, dont pour mon compte j'ai usé très-sobrement. Il me fallait bien, du reste, des mots nouveaux pour rendre des idées nouvelles. J'ai tâché d'établir ces mots conformément au génie de la langue romane, et j'ai eu ainsi, comme équivalents de Perfectibilité, Révolution, Civilisation, les mots de *Perfeitibleza, Revola, Seviltat,* dont le dernier est depuis longtemps italien sous la forme que comporte cette langue.

Ces principes d'orthographe posés, j'aborde maintenant la prononciation romane.

L'alphabet roman a vingt-deux lettres, savoir :

Cinq voyelles, A, E, I, O, U ;

Et dix-sept consonnes, B, C, D, F, H, J, L, M, N, P, R, S, T, V, X, Z.

Les voyelles A, I et O, se prononcent comme en français.

E est ouvert devant L et R : *novel, terra ;* prononcez : novaile, taira. Les exceptions à cette règle sont marquées par un accent aigu : *avér, péra ;* prononcez : aver, pera, avec l'E fermé. La même exception s'étend aux articles et aux pronoms *el, del, sel, acel,* etc., qui ont l'E fermé et que l'usage fait assez connaître pour qu'il ne soit pas nécessaire de les accentuer.

E est fermé devant les autres consonnes dans la plupart des mots. Les exceptions à cette règle sont marquées par un accent grave, *Jèsta, Sèc, Grèc, Jerusalèm ;* prononcez : Djaista, Saique, Graique, Djeruzalaime.

U se prononce comme en français, excepté lorsqu'il est précédé ou suivi d'une autre voyelle ou qu'il est suivi de deux consonnes. Dans ces deux cas, il a le son de OU : *bauma, estiu, triumfe ;* prononcez : baouma, estiou, trioumfe, en appuyant, dans les deux premiers cas, sur la première voyelle.

U, suivi de deux consonnes, mais marqué d'un tréma, doit être prononcé comme en français. Ex.: Escürdat, lugübras.

U se prononce encore OU lorsqu'il porte un accent circon-
flexe. Ex : *tûg. dûs;* prononcez *toug, dous.*

Les consonnes D, F, L, M, N, P, S, T, V, X, Z, se prononcent comme en français, en observant toutefois que l'S a
le son du Z à la fin d'un mot, quand le mot suivant commence par une voyelle.

C a le son du K français devant chacune des cinq voyelles :
Acille, frecentats : prononcez : Akille, frekentas.

G a toujours le son de GH : *gerra, girensa;* prononcez :
ghera, ghirensa.

H n'est employé que joint aux lettres L et N, et, dans ces
deux cas, il sonne I : *abelha. Bretanha :* prononcez : abelia,
Bretania, en formant une seule syllabe des diphthongues LIA
et NIA.

J a le son de Dj : *jas, joc;* prononcez : djas, djoc.

Indépendamment des lettres ci-dessus, la langue romane a
des diphthongues et des triphthongues qui participent au son
des voyelles dont elles sont formées. J'ai cité plus haut
quelques exemples de diphthongues; en voici de nouveaux :
màire, péïra, àuca, féuzal, epopéia; prononcez : maïre, peïra,
aouca, feouzal, epopeia, en appuyant sur la première voyelle,
qui doit porter l'accent tonique.

Voici des exemples de triphthongues : *biai, iéu, premièïrâ,
uou,* prononcez: biaï, ieou, premieira, uoou, en appuyant cette
fois sur la seconde voyelle, qui, dans ces cas, porte l'accent
tonique.

Je viens de parler d'accent tonique. A l'exception des mo-
nosyllabes, tout mot roman a un accent tonique, lequel, de
même qu'en français, porte sur la dernière syllabe, quand
celle-ci est terminée par une consonne, et sur l'avant-dernière
syllabe du singulier ou du pluriel, quand celle-ci est terminée
au singulier par une voyelle. Ex.: *cantat, liurador, terra, envensible, ajes;* prononcez : cantate, liouradore, taira, envensible,
ajes, en appuyant, suivant le cas, sur la dernière ou l'avant-
dernière syllabe.

Pour ne pas hérisser les lettres de signes inutiles, j'ai supprimé presque toujours cet accent tonique, dont l'emploi dans

les verbes est suffisamment indiqué par l'usage. Je ne l'ai conservé qu'à certains mots qui sont dans des cas particuliers. Ex.: *glória, istória, cansó, faisó*. Dans les deux derniers mots, il représente la consonne N retranchée par euphonie.

Les consonnes J et T ne se prononcent pas par euphonie à la fin des mots pluriel. Ex.: *escrijs, combats*. prononcez : escrisse, combasse.

De deux consonnes qui se suivent à la fin d'un mot, on ne prononce que la première, à moins que le mot suivant ne commence par une voyelle. Ex.: *concist, jorn;* prononcer *concis, jor*.

De trois consonnes qui se suivent à la fin d'un mot, la première seule doit être prononcée; la seconde est une lettre étymologique non prononcée, mais conservée pour l'intelligence de la phrase; la troisième, un S qui ne se prononce que lorsque le mot suivant commence par une voyelle. Ex.: *monts aeren*, prononcez : monz aéren.

Comme en français, une voyelle accentuée d'un tréma forme à elle seule une syllabe. Ex.: *poëma, süau;* prononcez : poaima, suaou .

Je termine ici cette note sur l'Orthographe et la Prononciation romanes. De l'aveu de tout le monde, le roman est une belle langue. De l'aveu des connaisseurs, le roman pourrait bien être la plus riche et la plus belle des langues européennes. Le perfectionnement de son orthographe ajoutera certainement un ornement de plus à sa merveilleuse beauté.

LES AGES

DE L'HUMANITÉ

CHANT PREMIER

—

SUJET DU POEME

—

Assez d'autres ont chanté et chanteront peut-être
encore les combats et la guerre. Quel homme ne sait
par cœur l'Iliade, Achille, Ajax, Diomède, les Atrides ?
Qui ne connaît le héros qui conduisit les Troyens en
Italie, ou le pieux Libérateur du saint Tombeau, et le
preux des preux, l'invincible Roland ?

Inspirés par la Foi à de plus hautes fins, aucuns ont
dit la désobéissance du premier homme, ou bien les
cercles infernaux, horribles prisons des méchants;
les mélancoliques royaumes du Purgatoire, les sphères

LOS AJES

DE L'UMANITAT

CANT PREMIER

—

SOSJÈT DEL POEMA

—

Pro an cantat autres e cantaran
Beleu encar los combats e la gerra.
Cal om no sap l'Iliada de cor,
Acille, Ajax, Diomeda, els Atridas ?
Ci no conois l'Eroë ce perdui
La jen troiana en la terra italica,
O del sant Tom lo pios Liurador,
E'l pros del pros, l'envensible Rollan ?
  Ad ausor fins ispirats per la Fe,
Alcus an dij la dezobediensa
Del premier om, o'l seucles doloiros
On l'orre Ifern encadena el malvats,

bienheureuses du Paradis et tout ce que raconte le
Poëte Florentin.

Prenant mon vol loin des cîmes fréquentées, vers
les rivages éloignés d'un monde nouveau que le philo-
sophe seul visite quelquefois, moi, je chante des conquêtes qui surpassent celles d'Alexandre, des travaux
auprès desquels ceux d'Hercule ont peu de valeur, et des
voyages plus pénibles que ceux qu'ont accompli Co-
lomb et Magellan.

C'est que j'ai pour sujet de mes chants l'Humanité
même et les actes les plus élevés de son génie ; c'est
que j'ai à célébrer la conquérante à laquelle nul triom-
phe ne fera jamais défaut, cette héroïne altière qui
commande aux vents rapides et à l'effroyable tonnerre,
cette voyageuse infatigable qui ne redoute ni les glaces
du Pôle Arctique, ni les feux de l'Équateur: geste merveilleuse entre toutes, qui n'a pas eu et ne saurait
avoir sa pareille, et qui intéresse tous ceux qui sont
nés de la femme ; geste où chacun de nous pourrait
trouver ses arrière-aïeux et ses arrière-descendants ;
que dis-je ? où il sentira palpiter sa propre âme dans
les profondeurs des Ages.

Il est doux à l'esclave qui lave, les pieds dans l'eau,
les sables du Brésil, de trouver un diamant d'assez
grand prix pour obtenir sa liberté en échange de sa
trouvaille.

Il est doux au navigateur de reconnaître le premier

Del Pürgatori el renh malenconius,
Del Paradis las astrugas espéras
E tot cant narra el Vate Florentin.

   Moven mon vol lonh del sim frecentats,
Vas novel mon e ribajes remots
C'el filozof sol vizita alavez,
Canti concist sobran sel d'Aleisandre,
Labor tals c'an sel d'Ercules encontra
Pauca valensa e viajes greujer
De sel c'an faj Colom e Majellan.

   C'ieu enantisc eisa l'Umanitat
E li maior actes de son enjenh :
C'a selebrar m'es la concistairis
Cui nul triumfe anc no farà falhida,
Sil eroïna altiva ce comanda
Al vent rabins et al tron esglaian,
Sil viairis c'enrecreza no tem
Ni glas artics ni focs de l'Ecuator :
Jèsta permei totas meravelhoza,
Don ja no fo parieira ni non er
E c'a tot om nat de femna pertoca !
Jèsta on poiria atrobar cada us
Sei reire aujols e reire deisenden ;
Ce dic ? On pel preondansas dels Ajes,
L'er a sentir s'eisa arma palpitar !

   Süaus estai a l'esclau can lavan
Los pes en l'aiga el sablos de Brazil,
Troba adiman d'atretal mena e prez,
C'en gazardó sa libertat autenga.

   Süaus estai a l'ardit navegaire
Reconoiser una isla enconoguda,

une île inconnue ou l'un de ces passages qui joignent les mers et rapprochent les mondes.

Il est doux à l'astronome de prendre sur le fait quelqu'un des secrets mystérieux que nous cachent les Voies Lactées, ou de découvrir quelque nouvelle planète dans le cortége des corps célestes qui font la ronde autour du soleil radieux.

Mais il est cent fois plus doux de suivre l'Humanité, comme si c'était un seul et même homme qui traverse le monde et le temps, de la voir élaborer ses propres destinées : au commencement sauvage et féroce au delà de toute expression ; puis, réveillée à de meilleurs sentiments, acquérir toute espèce de biens et de progrès, et se transformer elle-même, ainsi que la Terre.

Celui qui goûte le charme de ces contemplations plane d'ici-bas dans les hauteurs et comprend l'homme et la divine théodicée. Il regarde en pitié nos vulgaires et malsaines ambitions, nos travaux frappés de stérilité et nos agitations incessantes. Il est passé maître dans la suprême science, auprès de laquelle tout le reste est comme l'airain qui résonne ou comme la cymbale retentissante (1).

J'ai participé à ces biens ineffables par mes études favorites et principalement par la vision dont ce livre contient le récit, cette vision qui posera devant mes

(1) Saint Paul, I Cor., XIII.

Premier de tûg oz un d'acel pasajes
C'aprosmo el mons et ajonho las mar.

   Süaus estai a l'astronom soptar
O caiacom del secrets misteros
Rescos a l'om en las Vias Laitencas,
O descobrir cauca nova planeta
En lo cortej del cors selestial
C'ondejo entorn lo solelh radios.

   Mas süavor es sent vegadas mai
Segre a través e del mon e del temp,
Com si fos un sol om, l'Umanitat
Elaboran sas propias destinansas,
Al prim comens, sobrefera e salvaja,
Pois espertada a melhor sentimens,
Logran tûg aib, tûg bes e tûg proses
E trasforman si eisa et esta terra.

   Sel cui sabor an tal contemplazos
De sai jos plana en las sobiranesas
E compren l'om e'l teudisa divina.
Acel esgarda en piatat preonda
Nostras vülgar malsanas ambesios,
Nostres labor ferits de torigeza
E nostres vans eterns esmovemen.
Acel mestreja en la summa siensa
Vas cal non es mas aram ce resona
La remazilha o simbol retenden.

   Parsenejei a sel bes inefables
Per mei grazits perseveriers estudis
E maiormen per l'estranha vezió
Don lo resit acest libres conten (1),

_____

(1) Exemple de la règle d'après laquelle le sujet est

yeux tant que le souffle de vie animera cette chair d'argile.

Échappé un jour, pour un moment, aux ennuis de la terre, j'étais monté sur la cîme de la montagne qui domine la plaine où s'étalent Cazevieille et Tréviès, lorsqu'il me fut donné d'y voir les Destins assignés par le Ciel à l'Humanité, ces Ages que les anciens poëtes ont décrits dans un tout autre sens, et de telle façon que le Progrès, s'éloignant du bien, n'avait que le mal pour avenir.

Comme les différents corps d'une armée défilent en bon ordre, étendards déployés, sous les yeux du chef qui les commande ; comme quelquefois, au temps des brumes de novembre, des nuages de toutes les formes traversent en toute hâte le firmament, semblables à des caravanes d'oiseaux voyageurs ; comme, par une nuit sereine, les étoiles passent à leur heure dans le champ du télescope, de telle sorte que l'astronome peut suivre les mouvements et les évolutions de l'innombrable milice céleste, d'Orion à l'Arcture ou de Sirius à Fomahan,

Ainsi apparurent à mes regards surpris les faits capi-

Sela vezion a cal es a pauzar
Denan mos uelh tan cant animará
Sil carn d'arjila el esperit de vida.

 Per un momen escapat als enueg
D'acesta terra, un jorn m'era pujat
Al sim del mont ce vai senhorejan
La plana on jai Cazavielha e Treviès,
Can me fo dat d'i veire li Destin
Endij pel Sel a nostra Umanitat,
Selas etats c'il Poëzia antica
A mentaugut mas en tot autre sen,
E de tal for ce l'umanal Proses,
Fujen lo ben, s'afonzava en lo mal.

 Com d'una armada il diversas esceiras
En bon orden, gonfanos desplegats,
Desfilo soz lis olh de lor capdel ;
Com alavez, pel brumas de novembre,
Saizas nivol de trastotas las formas
Lo fermamen traverson a gran coja,
No desemblans à selas caravanas
Ce meno en l'aire els auzel viador;
Com a lor ora ils estelas al camp
Del telescop pason en noit serena,
De tal faisó ce l'astronom pot segre
Los movimens e las evolusios
De la selesta innombrabla milisia,
De Sirius enduesca a Fomahan,
O d'Aurion enduescas a l'Arcturi,
 Si aparegro a mos esgar sospres

<hr>

désigné par la présence de l'S aux nominatif et vocatif
singuliers.

taux de l'Humanité et les hommes qui l'ont honorée et servie, et qui vivront éternellement dans nos souvenirs. Ainsi me furent dévoilées sur nos destins, dans ce monde et dans celui que nous garde l'avenir, des choses qui n'ont point encore été dites dans aucun langage.

Taisez-vous, athées de la dernière heure, qui êtes la honte et l'épouvante de notre siècle ! Taisez-vous, maîtres vénérables et chers, mais auxquels la terre est incomprise !

Enfants de la femme, écoutez votre histoire des temps primitifs du genre humain, telle qu'elle est écrite en caractères lugubres dans l'obscurité des tombeaux et des cavernes !

Sachez ce qu'ont fait pour la Civilisation l'Inde, la Perse, la Chine, l'Amérique et, plus qu'aucune de ces contrées, cet Orient, nommé à bon droit le serviteur de Dieu (1) !

Sachez ce que fut l'Humanité païenne au temps où la Grèce instituait les beaux-arts et où le monde antique, humble et confus, faisait silence devant la grande Rome !

Sachez ce que fut la nouvelle Humanité, héritière du Paganisme ; par quelle sainteté, par quelle sagesse, elle illumina ses glorieux commencements, et comment le monde, perdant aujourd'hui le sens chrétien, est devenu une véritable forêt, plus âpre, plus obscure et plus dévoyée que ne le furent jamais les forêts de chênes !

(1) Zacharie, III, 8.

Los capital fag de nostra projenha,
E'ls om per ci fon ondrada e servida
E c'a jasé vivo en nostres sovenh.
Si sul destis del linhage umanal
En acest mon e selui ce nos garda
L'avenidor me foron esveladas
Cauzas ancmais dijas en nul lengaje.

    Calas, ateus de las derrieiras oras,
De nostre segle espaven e vergonha!
Calas, vos cui la terra es encompreza,
Ensenhador venerables e car!

    Fil de la femna, escotás vostra istória
Del premitius temp de l'Umanitat,
Tal c'es escrija en lugübras caractas
En l'escürdat del toms e de las baumas!

    Sapjás tot cant pel Seviltat an faj
L'India, la Persia, il Jina, l'America
E, mai c'eleis totas, sel Orien
Nomnat a drej lo servire de Diu!

    Sapájs cal fo l'Umaneza pagana
Lancan la Gresia istutia las arts
E ce fazia el mon antic silensi,
Umil e cet, denan Roma la gran!

    Sapjás cal fo la nova Umanitat,
Del Paganesme universa eretieira,
Cal santetat, cal mera savieza
Enlumenet sei glorios comens,
E cosi ar, perden lo sen crestiau,
Est mon non es mas vertadieira silva,
Trop mais escura et aspra e desviada
Ce non esteso anc silvas de garrics!

Mais, avant tout et par-dessus tout, écoutez ce que doit être l'avenir du genre humain, l'âge angélique qui doit voir s'accomplir nos destins terrestres, cet âge prodigieux dont la Religion et la Philosophie murmurent de temps à autre quelques mots à l'oreille des justes et des hommes de désir !

Mas aban tot sobretot escotás
Cal deu eser l'umanal endevenh,
L'Aje anjelic on l'om atrobará
Lo complimen de sei terral destis,
Sel prodejios Aje don a sazó
La Relijion e la Filozofia
Van mürmuran cauces mots a l'aurelha
Del drejuriers e dels om de dezir !

CHANT SECOND

—

L'APPARITION

—

Muse des chants sacrés, rappelle fidèlement à ma mémoire tout ce que j'ai vu et entendu dans ces visions que je m'apprête à chanter, et orne-les de ces grâces dont ta main pare tout ce qu'elle touche !

C'est toi que cherche le fils de ma mere par ces solitudes dont il ne peut se détacher, soit ici où verdoient les bois de Valène et de Montferrier, soit là-haut où bleuissent les cîmes de Tréviès et de Sainte-Croix (1). C'est toi qu'il va demander chaque jour aux humbles montagnes et aux fontaines ignorées, où il croit trouver la céleste inspiration. Exauce ma prière, ô Muse ! et ces montagnes dédaignées domineront le superbe Hélicon et seront pour moi cette sainte colline que la harpe de David enchanta de ses harmonies ! Exauce ma prière, et ces fontaines, plus pures que celle de Castalie, m'inspireront comme en ont inspiré d'autres le Jourdain et ce ruisseau de Siloë, trop oubliés aujourd'hui par une génération ingrate !

Alors, portés aux plus lointains rivages, mes chants

(1) Les montagnes de Tréviès et de Sainte-Croix-de-Quintillargues.

CANT SEGON

—

L'APARISIÓ

—

Muza del cant sagrats a ma membransa
Record fielmen tot cant auzi ni vi
En las vezios ce m'aprest a mentaure,
Et orna las del mers abelimen
De ci ta man para il cauzas ce toca !
   Per li dezer ce no pot desjecir,
Sai on Valena e Montferrier verdis,
Lai on Treviès e Santa Cros blaveja,
Es tu c'aci serca el fil de ma maire,
Es tu ce vai demandar cada jorn
Al puegs umils, a las fons inhoradas
On lo seleste espir cuja trobar.
Eisaug mon prec, e sel pueg despeitats
Senhoriran lo soberbi Elicon
E per mon jenh seran la santa colla
C'auzi los salm sitolats per David !
Eisaug mon prec, e sil fon purior
De Castalia auran a m'ispirar
Com autres fez Siloë ni Jordan,
Ce trop oblida un mon desconoisen !
   Adonc portats als londanor ribal
Vizitaran mei cantar los estajes

visiteront les demeures des grands et les cabanes des
bergers ! Je les verrai semer partout l'enseignement du
bien, et peut-être il leur sera donné, comme aux chants
merveilleux d'Orphée, d'apprivoiser les bêtes sauvages
et d'émouvoir les durs rochers !

Déjà le soleil de ma vie mortelle, parvenu depuis peu
à son midi, déclinait vers son couchant par une nou·
velle région : c'était le temps où l'aubépine fleurit et
où le jaune loriot fait son nid sur les plus hautes bran-
ches de l'aune ou du peuplier. Errant un jour par les
bruyères pierreuses, où je promène si souvent mes tris·
tesses, j'étais monté sur le plus haut sommet du Tré·
vièe. De là, j'admirais tour à tour les montagnes loin·
taines et leurs bleuàtres horizons, les champs voisins
et leur agréable verdure, et, devant moi comme s'ils
étaient à mes pieds, les flots tranquilles de la mer de
Mayorque scintillant sous les rayons du soleil.

Soudain, au milieu d'un de ces désirs qui enfan-
tent quelquefois des mondes, l'apparition la plus merveilleuse s'offrit à mes yeux éblouis, remplissant de
splendeurs inconnues l'humble siége de mes contemplations.

J'avais en face de moi un Ange aux blanches ailes,
au radieux visage, et d'un regard si doux qu'il eût
inspiré la confiance au plus timide. « Fils de l'homme,
» ne crains rien, me dit le messager céleste, je suis

Del grans e las cabanas del berjier !
Vezer los ai semnar las maestransas
Pertot del ben, e beleu lor er dat
Sicom als cant meravelhos d'Orfeu
D'esmover rocs e feras domesgar !

    Ja lo solelh de ma vida mortal,
Al siu miejorn totescas pervengut,
Per nova plaia a son colcan clinava.
Era lo temps on floris l'albespin
Et on lo gruec auriol fai son nis
Sul rams ausor del pibol o del vernhe.
Erran un jorn per li brujás peiros
On tan soven espasi mas tristezas,
M'era pujat al somsim del Treviès.
D'aci estan vez a vez remirava
Li pueg lontans e lor blaus orizon,
Li camp vezis e lor gaia verdura
E denan mi, com si foso a mei pès,
Li calme fluc de la mar de Malhorca
Sintilhejan soz lo rai trasluzen.

    Sobte, permest un d'acel dezirier
Ce van fantan a la vegada mons,
A mos uelh tot embalauzis s'ofri
L'aparisió la pu meravelhoza,
D'enconoguts resplandres ademplen
La seza umil de mas contemplazos.

    Frontier m'avia Anjel a blancas alas,
A radios vizaje e don l'esgar
Era tan t dûs c'auria al pu cremos
Dat ardimen e provocat fizansa.
« No temer res, fil de l'om, so me dis

» Ariel, un des moindres parmi les esprits qui for-
» ment les chœurs divins, et ma mission auprès de toi
» a pour objet de t'instruire de la théodicée humaine.
» Dieu t'accorde en ce jour ce qui fut toute ta vie ta
» suprême ambition. Le Tout-Puissant devait cette ré-
» compense à celui qui lui demandait une vérité, une
» seule vérité, avec autant de ferveur et de prières que
» les justes lui demandaient jadis des prodiges et des
» miracles.

» Invisible à tout regard mortel, je parcourais tout à
» l'heure les îles de l'Océan Pacifique, initiant des peu-
» ples nouveaux à de meilleures destinées, quand il m'a
» été commandé de venir te révéler l'être mystérieux
» et spirituel qui résume la création terrestre, sa vie
» immortelle au travers du temps et des âges, ses véri-
» tables lois tant qu'il vit dans ce monde, et son Progrès
» continu et indéfini. Fais ton profit des grands ensei-
» gnements que je viens te donner, et le monde possé-
» dera quelques vérités de plus et pourra faire un nou-
» veau pas dans sa voie éternelle et son ascension aux
» régions supérieures. »

« Divin instituteur de mon âme, répondis-je à l'Ange
» visiteur, quelle chose parmi les plus hautes et les
» meilleures pourrait valoir le bien incomparable que
» tu viens aujourd'hui m'offrir ? Pendant longtemps j'ai

»Lo mesajier selest, sui Ariel

»Dels esperits ce formo el cor divis

»Un del menors, e sai ai per misió

»T'asabentar de l'umana teudisa.

»En acest jorn Diu te vai autrejan

»So c'a ta vida as tan cobezejat.

»L'Omnipoten sel gazardó devia

»A l'om c'ades sol una veritat

»Li demandava ab aitanta fervor

»Et aitan precs c'el drejurier d'antan

Miracle o senh prodejios imploravon.

 »Envezibil a tot esgar mortal,

»Del Pasefic totara corsejava

»Las islas on anava enisian

»Pobles novels a melhor endesti,

»Can agi man venges te revelar

»Lo misteros esperital eser

»Ce rezumis la creasió terral,

»S'immortal vida en lo temps e los Ajes,

»Sas veras leis tan cant viu en est mon

»E son contuni endefenit Proses.

»Fai lo tiu pro de las gran maestransas

»Ce te venc dar, e'l mon posezirá

»Caucas vertats de mai e poirá far

»Un pas novel en sa via eternal

»E s'asension en las rejios sobranas.

 »De la mia arma ensenhador divin,

»Respondi m'ieu a l'Anjel vizitaire,

»Cal res de mest las maior n'il melhor

»Pogra valer l'incomparable ben

»C'en acest jorn sai venes me profere?

» ressemblé au voyageur qui, brûlé par le soleil sur des
» chemins poudreux, soupire après les frais ruisseaux et
» le doux ombrage des verts bosquets. Maintenant ta
» parole est ma consolation. Elle me montre la fin de
» ce voyage pénible, et elle sera pour mon âme le sou-
» verain remède qui doit guérir toutes ses langueurs.
» Grâces en soient rendues à Celui qni, t'envoyant à mon
» aide, octroie la force à la faiblesse même et peut,
» lorsque tel est son bon plaisir, faire lever le soleil
» au fond de l'Occident. Ainsi donc, puisque cela t'est
» permis, daigne m'ouvrir les champs merveilleux de
» la vision et donne-moi de contempler avant l'heure les
» divins desseins du Créateur. Tu m'as dit : Je viens te
» révéler l'homme de ce monde et celui de l'autre monde.
» Ange béni, accomplis ta promesse. Dis-moi d'où vient
» l'esprit et où il va, et pourquoi, parmi tous les êtres
» terrestres, l'homme seul est purifié par la Religion.
» Je serai bien heuré quand tu m'auras appris deux
» enseignements capitaux entre tous : quelle loi innée,
» éternelle, universelle, gouverne l'homme sur la terre
» des vivants, et quel destin lui est réservé outre-tombe
» dans ce monde et dans les mondes à venir. »

» Je ne suis ici que pour t'instruire de toutes ces
» choses », me répondit l'Ange, et, posant sa main sur

» Longa sazó semblei al viador

» C'ars del solelh per polsozas estradas

» Après lo dûs ombralh del ver plaisats

» O'l riu frescets ades vai sospiran.

» Ar ta paraula es ma consolasió.

» Me mostra 'l fi d'acel viaje penos

» Et er a m'arma el sobeiran remedi

» C'a sas langor donará garimen.

» Merses a Sel ce t mandan a m'ajuda

» Autrei la forsa a l'éisa frevoleza

» E si pot far, lancan li ven a grat,

» Levar el sol al fond de l'Oxiden.

» Donc, poi te lez, denha encoi m'adubrir

» De la vezió li camp meravelhos

» E dona me contemplar aban ora

» Del Creator las divinas entensas.

» So me disist : Sai te venc revelar

» L'om d'acest mon e sel de l'autre mon.

» Anjel beneit, compli ta promesió:

» Di me don vèn l'esperit et on vai

» E perce sol, mest trastûg los eser,

» Pel Relijió l'om es purificat.

» Bonazurat er can m'auras apres

» Dos ensenhar captals entr' el captal :

» Cal lei eterna, universal, innada,

» Goberna l'om sul terra del vivens

» E cal desti l'escaris otra tomba

» En acest mon e'l mons avenidor.

   » A t doctrinar de totas estas cauzas,

» Respos l'Anjel, sol sui aisi vengut »,

E, sul miu cap pauzan la sua man:

ma tête : « Homme, fils de l'homme, dit-il, reçois et
» garde pour un moment, avec les qualités de la nature
» humaine, quelques-unes de celles dont jouit notre
» nature. » Il dit, et à l'instant je me sentis transformé
comme si j'étais devenu réellement un autre homme.
Mes facultés étaient élevées à la plus haute expression
de puissance que conçoive l'imagination. Au travers de
l'immensité, je voyais un grain de sable perdu au plus
profond des mers. Au travers de l'immensité, je pouvais
entendre l'amoureuse tourterelle gémir sous la verdure
des bocages.

Autour de moi, spectacle sans pareil, j'avais la Terre
presque entière : ici, cette noble et généreuse Europe
qui garde dans son sein les destinées du monde ; là,
cette antique Asie, berceau de tant de peuples ; ailleurs,
la brûlante Afrique, encore inconnue au milieu de ses
déserts sablonneux, et je ne sais même si ma vue trom-
pée ne cherchait pas la verte Amérique et les mondes
nouveaux dispersés par les mers australes.

« Fils de l'homme, dit Ariel, tu as désormais à voir
» de près ce que tu ne vois maintenant que de loin.
» Dans ce dessein, je veux non-seulement mettre sous
» tes yeux, en des visions rayonnantes de vérité, l'anti-
» que barbarie des premiers Ages et l'apothéose finale du
» genre humain, mais encore te faire converser avec tous
» ceux qui jadis excellèrent en amour, en courage ou
» en génie, et qui ont servi de quelque manière que ce
soit au progrès de l'Humanité.

» Om, fil de l'om, fas el, per un momen
» Reseup e gard ab los aibs umanal
» Alcus de sel don fruit nostra natura. »

El dis : desen, me senti trasformat
Com si autre om fos en fag devengut.
Mas facultats estavon eisalsadas
A l'ausor gra c'emajenar se puesca.
A travès de l'immensitat vezia
Un gran d'arena al fin fond de las mar,
E pogra auzir l'amoroza tordola
Faire sos jem pel verdejan boscajes.

Tot entorn mi, espeitacle ses par,
Avia cais la Terra tot entieira:
Sai acil nobla e jeneroza Europa
C'ins en son se garda el destis del mon;
Lai sil selebra e sobrantica Azia
On tant pobols an lor premier paren;
Alhor l'adüsta Africa enconoguda
Encar permei sos dezers arenos;
E neis no sai si ma vista enganada
Non ensercava il silvoza America
E'ls novel mon pel mar austral dispers.

« Fil de l'om, dis Ariel, as a veire
» Oimai de prop tot cant vezes de lonh.
» A sel perpaus no sol vuelh soz teis uelh
» Metre en vezios raian de veritat
» La barbaria antica del prims Ajes
» E la final enteozi de l'om,
» Mas encar vuelh t'aduire a parlamen
» Ab tûg acil c'en los segles pasats
» Saupro d'amor, de coraje o d'enjenh

»Nous irons ensemble, visitant près de nous et au
»loin tous les lieux dont le genre humain, dans sa
»reconnaissance, conserve une éternelle mémoire. Là,
»à l'ombrage de ce figuier sacré, Boudda conquit la
»pure Intelligence (1). Voilà les déserts de Sin et de
»Faran (2) ; voilà l'humble crèche de Bethléem ; cette
»plaine est celle de Marathon ; ce défilé, celui où mou-
»rut Léonidas ; ces jardins, ceux où Platon enseignait.
»Là, la chaste Lucrèce féconda de son sang la liberté
»romaine ; là, Jeanne d'Arc, réservée par le Ciel à
»d'autres destins, gardait ses agneaux. Je vois d'ici ce
»Rosenthal, promenade favorite de Leibnitz (3) dans sa
»jeunesse, et les grands bois où Jean-Jacques rêvait de
»l'homme de la nature et de ses lois primitives.

« Là et partout où la race humaine reçut quelque
»mémorable exemple; là et partout où tomba quelque
»semence de la grande et perpétuelle Révélation qui a
»commencé à l'origine du monde pour finir seulement
»à la consommation des temps, le Très-Haut garde à
»ta piété de nobles entretiens et de sublimes enseigne-
»ments. Tu as à apprendre la science de l'homme. Qui

---

(1) Le figuier sacré de Bodimanda, dans l'Inde, à l'ombre
duquel, selon la légende, Siddarta, plus connu sous le nom de
Boudda, devint possesseur de l'*Intelligence parfaite et ac-
complie*.

(2) Noms de deux déserts habités par les Israélites, après
leur sortie de l'Egypte.

(3) Le bocage de Rosenthal, près de Leipsick.

» E c'an servit en calacom faisó
» Al progresiu enan de l'Umaneza.

  » Irem ensem vizitan lonh e pres
» Trastûg li loc c'el jenre uman grazire
» A de servar en eterna membransa.
» Lai a l'ombralh de s'il santa figeira
» Budda conces la pura Entellijensa;
» Vecte 'ls dezer de Sin e de Faran;
» Vecte l'umil crepia de Betelen;
» Acela plana es sil de Maraton;
» A sel destreis moric Leonidas;
» En acels orts ensenhava Platon;
» Aci del siu sanc la casta Lücresia
» La libertat romana fecundet;
» Aci pel Sel Juana d'Arc rezervada
» Ad ausors fag gardava sos anhel;
» D'aisi vei sel Rozental de Leibniz
» En son joven permenada grazida,
» E li gran bruelh on de l'om de natura
» E de sas leis pantaizava Juan-Jaume.

  » Lai e pertot on l'umana linhada
» Reseup alcun descomunal exemple,
» Lai e pertot on cazec alcun sem
» D'acela gran perpetuäl Revela
» Ce comenset a l'orijen del mon
» Per fenir sol al consommi del temps,
» Aci l'Autisme a ta pietat garda
» Nobles devis et autas ensenhansas.
» As ad aprendre il siensa de l'om.
» Ci miel la saup c'els enjenh sobeiran
» Sels esperits d'eleita c'an creat

» l'a mieux connue que ces génies supérieurs, ces esprits
» d'élite qui ont créé l'homme moral, changé le sauvage
» en barbare, et, parachevant leur œuvre, l'ont poussé à
» l'envi dans les voies de la Civilisation? Les premiers
» instituteurs du genre humain te dévoileront quelques-
» uns de leurs secrets. Errant sur la cime redoutable
» du haut de laquelle il porta le Décalogue aux enfants
» d'Israël, Moïse nous attend tous les deux. Nous verrons
» certainement Lycurgue dans cette Crète d'où il ne
» devait plus revenir à Sparte (1), et je sais dans quelle
» forêt Manco Capac pleure encore sa gloire passée (2).
» Mais, avant de faire ces pérégrinations, il faut que tu
» connaisses le commencement de ce monde et de la
» race humaine. Ce sera là notre point de départ. Celui
» qui possède d'abord les origines connaît aisément l'or-
» dre et le sens de tout le reste. »

 » Conduis-moi, conduis-moi au plus tôt, ô Ange, en
» présence de ces visions véritablement surhumaines. Je
» brûle de savoir quelle fut l'aurore de ce monde donné
» en héritage à l'homme comme un signe éternel de la
» Bonté divine, qui, ne devant rien à notre race, lui a
» octroyé tout à la fois et l'existence et le Progrès. »

 Je me tus, car déjà les visions chaotiques, montant
de tous les côtés de l'horizon, voltigeaient dans les airs
troublés, semblables à un brouillard obscur à faire peur.

---

(1) D'après un dire rapporté par Plutarque, ce serait en
Crète, et non à Dolphes, que Lycurgue se serait retiré après
l'établissement de ses lois. Il avait fait promettre par serment
aux Spartiates de n'y rien changer jusqu'à son retour.

 (2) Manco Capac, législateur des Péruviens.

» L'ome moral, trasmudat lo salvaje
» En barbarin e, perfazen lor obra,
» A Seviltat l'empenheron a tensa ?
» Del jenre uman el prims estitutor
» T'esvelaran alcus de lor secrets.
» Trevan sul sim temendos don portet
» Lo Decaloc als efan d'Israël
» Abdos nos vai esperan Moïzen ;
» De sert veirem Licurge en sela Creta
» Don no devia a Sparta mai tornar,
» E sai en cal foresta plora encara
» Manco Capac sa preterida glória.
» Mas, aban far estas peregrinansas,
» Cove c'al prim conoscas lo comens
» D'aceste mon e de l'uman linhaje.
» Acf será nostre punt de partensa.
» Ci posezis primás las orejinas
» Del remanen sap de leu l'orde e'l sen.»
   » Condui, condui m, al pu tost, oi Anjel,
» Escridèi m'ieu, en vedensa et auzensa
» De sil vezios veramen sobrumanas.
» Ieu trefolisc saber cal fo l'aurora
» D'est mon donat a l'om en eretaje
» Senh eternal de la Bontat divina
» Ce res a nostra escata no deven
» Li autrejet l'eser e lo Proses.»
   Calei, ce ja las vezios caöticas,
Pujan de tüg li laz de l'orizon,
Volatejavo en l'aire trebolit
A for de nebla escura a far paor.
Ans tota cauza Ariel me mostret

Avant toutes choses, Ariel me montra l'Age primordial de notre Terre en formation, lorsque, par la main des puissances angéliques, l'Ancien des Jours préparait et forgeait ce monde avec l'eau, le feu et les autres éléments. Les temps humains surgirent bientôt du milieu de ces ombres et posèrent devant moi dans leur triste et sombre majesté.

Lo primairal Aje de nostra terra
En formasió, lancan l'Ansian del Jorn,
Pel man de las pozestats anjelicas,
Aparelhava e fargava acest mon
Ab l'aiga, el foc e'ls autres elemen.
Li temps uman d'enmei acelas ombras
Sorzeron leu e denan mi pauzeron
En lor engrama e sorna majestat.